La felicité des di-
uines confolations,

Tirée des Exemples de la Saincte Efcriture.

Par PIERRE GVERIN *Parifien.*

A PARIS,

Par PIERRE MENIER, Imprimeur, portes
de la porte Sainct Victor.

M. DC. XXII.

Auec Priuilege du Roy.

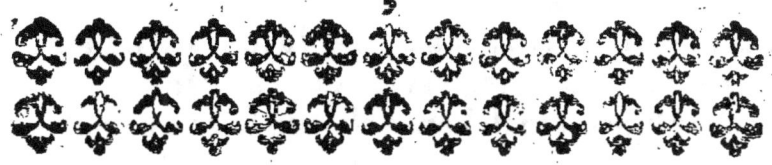

LA
FELICITE' DES DIVINES
CONSOLATIONS, TIRE'ES
des exemples de la saincte
Escriture.

Par PIERRE GVERIN *Parisien.*

Supresme Seigneur! tres-haute Deïté,
Pere, Fils, S. Esprit, seul Dieu en Trinité,
Admirable en bonté, en Iustice infallible,
Tu és tout comprenãt, & incõprehẽsible,
Inuisible, immuable, impassible, immortel,
Tout puissant, Eternel, & Roy vniuersel;
La parfaicte vnité & vraye subsistance
Ne se peuuent trouuer qu'en ta diuine essence;
Ton infiny pouuoir par dessus l'vniuers
Par iustice & amour agit effects diuers,
Qui sont diuins secrets de ta Majesté saincte,
Où mon esprit trop cour ne peut donner atteincte:
L'on ne peut remarquer tes sacrez iugemens
Sur la mer incertaine en tant d'euenemens;
Deuant toy sont, Seigneur, patentes toutes choses,
Et tes moindres secrets sont en moy lettres closes.
Ha! vray DIEV, tu es iuste, & en iuste saison
Tu feras apparoir ta tres-iuste raison:

Vn infidelle dit & croit que la fortune
Conduist en fort fatal ce qu'on void foubs la Lune:
Nous voyons eftonner les gens de peu de foy,
Voyans plufieurs mefchans à chacun faire Loy:
Au contraire, les bons en la mer de ce monde
Souffrir perte & douleur fur la terre & fur l'onde;
Le mefchant Courtifan accomplit fon defir
En richeffe & faueur, en honneur & plaifir:
Mais ils doiuent tous deux diuers loyer attendre,
Au bon doit bien venir, & au malin mal prendre:
Si quelquesfois l'iniufte au iufte faict grand tort
Et le cruel meurdrier met l'innocent à mort,
N'afpirant qu'à la terre, & qu'à l'honneur mondain,
Comme l'Athée faict, n'ayant rien de certain,
Se paift en vanité, en profpere fortune,
Dieu en aduerfité de blafphémes importune,
Les biens aux vertueux vont toufiours accroiffant,
Et le bon poffeffeur de graces enrichiffant:
Sçaches que ce grãd Dieu ne veut pas qu'on l'eftime
Iuge fans équité, car il punit tout crime,
Chaftians fes efleuz du bers iufques au cercueil:
Pour chaffer leur pareffe, abbatre leur orgueil,
Il preuue leur conftance à la pierre de touche:
Pour ceux qui font deuots & de cœur & de bouche,
Par vn procez fafcheux, maladie, ou tourment,
Prifon, guerre, famine, ou vn banniffement,
Ores vn ignominie, ores vn trifte vefvage,
Perte d'enfans, d'amis, ou vn afpre naufrage:
Dieu cognoift nos pechez, nos imperfections,
Nos muables defirs, nos vaines paffions,
Et monftre clairement à l'humaine ignorance
De fes vrais feruiteurs l'amour & la conftance,

Les maux de peine, maux que ie trouue mal nommez
Puis que Dieu les enuoye à tous ses bien-aymez :
Le vice est le vray mal de sa propre nature,
Non pas l'affliction que la personne endure :
 Ceux-là qui constâment ont receu mort pour toy,
Et tourmens infinis enduré pour ta Loy,
S'ils n'en auoient receu couronnes honorables,
Auroient-ils pas, Seigneur, esté bien miserables ?
O bien-heureux font ceux qui par humilité,
Cognoissant combien grande est leur fragilité,
Qui souuent faict faillir toute l'humaine race,
Se desfians de soy, recourent à ta grace :
Dieu dône aux biens-viuás des magnanimes cœurs,
De la chair, de Sathan. & du monde vainqueurs,
Reseruans les meschans pour la peine eternelle,
Qu'il delaisse icy bas par bonté paternelle,
Prendre du bien mondain quelque contentement,
Puis leur faict ressentir son iuste iugement :
Pour certain tost ou tard Dieu punit toute offence,
Et tous bien-faicts aussi sa bonté recompence.
 Comme le Medecin vn corps plein de langueur
Guarit selon l'estat de la peccante humeur
L'vn par le jus amer, l'autre par le cautere,
Ou par l'incision, ou par diéte austere :
 Aussi nostre Sauueur, Sainct Iean son Precurseur,
Tous les Saincts seruiteurs du mesme Redempteur,
Les fidelles Chrestiens d'Eglise militante,
Suiuans les bien-heureux de celle Triomphante,
Les Prophétes sacrez de la diuine Loy,
Tous preschent penitence én œuure & viue foy.
Iusqu'au moindre mal faict il nous faut satisfaire,
Et faut estre guaris du mal par son contraire.

A iiij

Ainſi voyons-nous pas le paternel amour
Laiſſer du ſeruiteur qu'il veut chaſſer vn iour
Meſpriſé le mesfaict : car il eſt mercenaire,
Et corriger ſon fils, comme vn vray ſage pere.

Nous voyons que le docte & vigilant Regent
Par prudence & amour cultiue plus ſouuent
Les eſprits plus ſubtils de la tendre ieuneſſe,
Auſquels le Tout-puiſſant a donné plus d'adreſſe :
Le General de Camp donne degré plus haut,
De la ſage conduicte & furieux aſſaut,
La pointe de la bréche, & la belle entrepriſe,
Aux plus vaillans guerriers, à ceux que plus il priſe.

Au combat l'on cognoiſt le valeureux Chreſtien,
Qui monſtre ſa vertu des aſſauts au ſouſtien :
Dieu ayme la feruer des ſeruiteurs fidelles,
Puis leur donne en guerdon Couronnes éternelles :
I'entens en ſon Egliſe, aux fidelles Chreſtiens
Qui luy dreſſét deuots & leurs cœurs & leurs mains :

Pour eux il a creé le ciel, la terre, & l'onde
Et tous les animaux qui ſont en ce bas monde :
Il y a vn autre eſtat de vie perdurable,
Qui eſt plaiſante au bon, & horrible au coulpable :
Doncques vous infidelles en vos cœurs chancellans,
Reformez vos penſées, & ſoyez mieux parlans :
Le feu, l'air, & les fruicts, les animaux du monde
Seruent à tous mortels, comme cauſes ſecondes :
Il meſure leur pas, il conte leur cheueux,
Il les commet en garde aux bons Anges des Cieux :
Il monſtre ſa bonté, & Iuſtice puiſſante,
Quand il vient à punir ſelon l'humeur peccante,
En ceſte vie & en l'autre tous éternellement,
Par ſageſſe infaillible, & le tout iuſtement,

Le Chrestien asseuré en sa ferme constance
Semble au bon estomach qui iamais ne s'offence
Des viures plus grossiers, changeant facilemens
Toute sorte de viure en parfaict aliment :
L'ame exerçant Vertu se faict plus vertueuse,
L'exercice en tous Arts la rend plus genereuse :
Par la roüille & les vers on laisse consommer
Dans le coffre l'habit, les armes, & le fer :
Comme l'eau sans conler se rend en fin puante,
Sans tribulations vne ame est insolente.

   Des dons du Createur le fidelle Chrestien,
Ioye & affliction toutes deux tournent en bien :
   Comme aux rays du Soleil la cire est amolie,
Et des mesmes rayons la boue est endurcie :
   Comme des mesmes fleurs l'abeille fait le miel,
Et l'araigne setarde en faict venin & fiel ;
Ainsi l'ame fidelle à son Dieu se conforme,
En repos ou trauail est tousiours vniforme :
Par les afflictions nous voyons en tout lieu
L'homme faire apparoir combien il ayme Dieu :
En sa prosperité il est fort charitable,
Soit du bien ou du mal il se rend profitable.

   Mais l'homme vicieux est tousiours inhumain,
Viuant en Atheyste, prenant de toute main :
Il faut iouyr des biens comme sans iouïssance,
Et rendre nostre Croix legere par constance :
Richesse, honneur, estat n'est pas asseuré bien,
Il les faut à bon droict estimer vn vray rien :
Nous voyons clairement que le bien de ce monde
Dure autant que l'arrest d'vne boule bien ronde.

   Ce faux monde trompeur qui nostre corps nourrit
Du laict de volupté, qu'en mordant il nous rit,

Le monde n'eſt conſtant qu'en ſa meſme incōſtance,
 Auſſi l'homme mondain n'a iamais d'aſſeurance,
Ce qu'il attend le moins arriue le plus ſouuent :
 Ce qu'il cherche le plus, luy vient moins au deuant,
L'honneur & la beauté, le plaiſir, la richeſſe,
Se changent en meſpris, en ardeur, & triſteſſe.
 Le plus ſouuent nos ſens par leur objeɛt trompez
Deçoiuent nos eſprits de paſſion frappez :
Les vicieux mondains portent tous leur marotte,
L'vn de plaiſant humeur, l'autre de façon ſotte,
De leur folie ils ſont l'vn à l'autre teſmoins :
Mais ſage eſt reputé qui la monſtre le moins.
 Aſpirer aux grandeurs pour au monde paroiſtre,
C'eſt la farce iouer ſur l'eſchafaut terreſtre :
Auec l'aiſe mondaine entrer dedans le Cieux,
C'eſt faire d'Icarus la fable, & conte vieux,
 Qui en poupe a le vent, le monde fauoriſe,
Si la tourmente vient, toute faueur ſe briſe.
 Pour nous priuer du fruiɛt de tribulation
Le Diable nous ſuggere vne apprehenſion,
De perdre la loüange & l'honneur de ce monde ;
Et tous ceux qu'il ſeduit ſur ce loyer il fonde :
Que me vaut ſon honneur, mon ame eſtant abjeɛte?
Ie n'en ſçaurois iouir ſi ellë n'eſt parfaiɛte.
 Craignons, craignons pluſtoſt le tourment eternel
Que l'eſprit receura s'il s'en trouue reel :
Le ſeul aſſeuré lieu de loüange immortelle
Eſt ſuiure IESVS-CHRIST en la gloire éternelle.
 Tō' les diſcours mōdains, les pourtraits & tableaux,
Les eſcrits de loüange & colloſſes ſi beaux,
Ne ſeruiront non-plus que la vaine penſée
De l'Alchimiſte errant, qui ſe paiſt de fumée,
        S'imagine

S'imagine threfors par fon Mercurien,
Puis trouue tout fon or multiplié en rien.

Les feruiteurs de Dieu ont faict tout le contraire,
Ils fuyoient des mortels & l'honneur & la gloire,
Portant icy leur croix de tribulations,
Dont ils ont maintenant des confolations.

Dieu permit de Iofeph la vente fraternelle,
Et de pauure forçat (par Iuftice éternelle)
Fut des Egyptiens le puiffant Gouuerneur,
Et par ce malefice eut ce rare bon-heur:

Il endura prifon pour fa chafte conftance,
Et iamais ne manqua de diuine affiftance:
Car il fut par fon Roy remis en dignité,
Ayant fur ces fubjeds la fage auctorité.

Dieu preferuant le iufte, & chaftiant le vice,
Sauua Noé du flot, Loth du feu de Iuftice,
Lors qu'il voulut punir par les eaux l'vniuers,
Et par le feu Sodome & Gomorre peruers.

O que malheureux eft qui prononce blafphéme
Contre la Majefté de la grandeur fupréme!
Le fier Sanafcherift fa vengeance efprouua,
Quand huict vingts mille morts de fes gens il trouua
Tuez dedans fon camp par l'efpée d'vn Ange,
Pour auoir blafphemé la diuine loüange.

Dieu faict quand il luy plaift arrefter le Soleil,
Et de deux iours fans nuict faict vn iour nompareil.

Gedeon, & trois cens, cefte petite bande,
Mirent à val de route vne armée tres-grande.

Il a faict puiffant Roy vn fimple enfant berger,
Pour monftrer qu'il peut tout eftablir & changer;
Dauid, qui tant fouffroit, chaffé de place en place,
Et toufiours preferué par fa diuine grace:

B

Puis ayant subiugué les cruels ennemis,
Et le peuple rebelle à son sceptre remis,
Pour loüer Dieu il fit les Psalme de Cantique,
Et laissa son Royaume à son fils pacifique,
Ce Roy si magnanime, & sçauant Salomon,
Qui acquist sur les Roys vn excellent renom ;
Vn seul don requerant, de luy donner sagesse,
Dieu luy donna sçauoir, honneur, paix, & richesse.

C'est Dieu qui faict regner les Princes vertueux,
Et qui ravalle aussi le cœur presomptueux :
La terre d'Israël ne fut point arrousée
Par trois ans & six mois de pluye ny rosée :
La vefve Sarreptante Helie visita,
Qui par diuin vouloir son fils ressuscita,
Et luy multiplia en l'extréme famine
Le peu qui luy restoit de son huile & farine.

Dieu enuoya au peuple & Roy Samaritain,
Assiegez dans leur ville, & ja mourans de faim,
(Lors qu'ils estoient p'us prés d'vne mort miserable)
Secours inopiné par moyen incroyable.

La vaillante Iudith, qui cest honneur acquit,
Sans armes vne armée & vn vainqueur vainquit.

Dieu preserua du feu en chantant à leur aise
Sa loüange au milieu d'vne ardente fournaise,
Les trois enfans Royaux, constans à l'honorer,
Qui les Idoles d'or refusoient d'adorer.

Ainsi à ceux qui ont en Dieu ferme esperance
Il leur donne victoire & prompte deliurance :
Au peuple d'Israël, de Tyrans combattu,
Dieu fir large chemin, pour monstrer sa vertu,
Dans la vermeille mer, lors qu'il perdoit courage,
Où furent submergez les Tyrans & leur rage.

Il fit d'vn dur rocher fortir à grand ruiſſeau
Au milieu des deſerts grande abondance d'eau:
Moyſe joinct les mains au haut de la montagne
Pendant que Ioſué eſt vainqueur en campagne,
pour môſtrer qu'en tous lieux Dieu inuoquer il faut,
Et combien au beſoin l'humble priere vaut.
  Le conſtant Daniel par l'autheur de nature
Receut confort, faueur, deffence, & nourriture,
Priſonnier au cachot, loge de fiers lions,
Fut à point deliuré de ſes afflictions.
  Nul ne peut eſbranler noſtre foy en Dieu miſe,
Sur ſi bon fondement, & ferme pierre aſſiſe.
  Mais ne voyôs-nous pas qu'au têps de Dieu prefix
Il nous a enuoyé ſon propre vnique Fils,
Tirant le plus grand bien du plus grand malefice,
Pour donner aux humains le plus grand benefice:
Pour nous communiquer ſon immortalité,
De la Vierge il a pris ſa ſaincte humanité,
S'eſtant rendu pour nous (hors peché reprochable)
En toute infirmité à nous autres ſemblables,
S'appauuriſſant ainſi pour nous enrichir,
Se rendant ſeruiteur pour nous mieux affranchir.
  Quand du traiſtre Iudas la bruſlante auarice,
Du Iuge ambitieux la damnable Iuſtice,
Rage des Phariſiens, des Scribes la rigueur,
Des Gentils le meſpris, du peuple la fureur,
Les flagellations, & le cruel ſupplice
De la Croix, des eſpines, & ſanglant ſacrifice,
Il ſouffroit de la mort pour oſter tout à faict
De la race d'Adam la coulpe & le forfaict;
Par ſon ſang precieux, d'vn tel prix acquitée,
Ouurant le Paradis donne grace aſſeurée:

Quantesfois il alloit les pauures viſiter,
Ouurir l'oreille aux ſourds, les morts reſſuſciter,
Faire l'aueugle voir, ſage le lunatique,
Marcher l'eſtropié, & le paralitique,
Les eſclaues captifs deliurer de priſon,
Donner aux languiſſans entiere guariſon,
Faire les idiots, ſurpaſſer en ſcience
Les maiſtres renommez d'humaine ſapience;
Par luy l'homme a cogneu la ſaincte verité,
Et des malins eſprits l'antique fauſſeté :
Par ſon humanité il s'eſt faict noſtre frere,
Et nous rend ſi heureux que Dieu eſt noſtre pere;
Par luy nous ſommes faicts enfans d'adoption,
Par luy de nos mesfaicts auons remiſſion :
Par ſon diuin vouloir, & ſa miſericorde,
Le diuin & l'humain il a mis en concorde :
Pour luy nous receuons le diuin Sainct Eſprit,
Qui ſa loy en nos cœurs, & ſa parole eſcrit,
Qui nos deſirs charnels attrempe & mortifie,
Et nos cœurs amortis releue & viuifie :
C'eſt luy qui prendre faict la force aux langoureux,
Qui donne la conſtance, aſſeure les poureux,
Qui l'eſpoir & la paix liberalement donne,
Et toute autre faueur à toute humble perſonne :
Ainſi au corps miſtique & congregation
Qui en l'Egliſe ſont joints par dilection
Vn ſeul & meſme eſprit és œuures admirables
Les gouuerne & conduit par ordres honorables.
　O Eſprit Eternel, qui a tout compoſé,
Tout par nombre & meſure, & ordre diſpoſé,
Faict garder entre nous charité mutuelle,
Et vnis nos eſprits d'amour perpetuelle ;

Esteints toutes erreurs & sectes, & discords,
Qui tant font tourmenter les ames & les corps.
Esteints de nos desirs la conuoiteuse flame.
Qui follement perit le corps auec l'ame,
Fais que de ton amour & la flame & l'ardeur
Vers toy puisse eschaufer nostre lente froideur,
Au capable donner le sacré benefice,
Pour vertus non deniers aux Iusticiers l'office,
Les nobles deliurer de mortifere vent.
De Satanique dueil qui les tuë souuent,
Et donne aux financiers fidelle temperance,
Qui prennent du public le labeur & substance:
Tu rendras bien-heureux les subjets & les Roys,
S'ils sont obeissans à tes diuines Loix,
Qui vsans de tes biens te recognoissent estre
De la terre & des Cieux le seul Seigneur & Maistre.
    O combien le Royaume est remply de bon heur,
Qui tient de Dieu son Roy la Iustice & l'honneur:
Dieu donne la vertu, prouidence & sagesse,
Force, science, honneur, paix, victoire, & richesse:
De Dieu tiennent en foy tous Princes terriens,
Septre, courône, estat, honneur, corps, ame & biens.
    Que le grand du petit ne mesprise la vie,
Et le petit au grand ne porte point d'enuie:
Tous les saincts bien-heureux ont supporté constãt,
En leur ame ayans paix, les peines & tourmens,
Mesmes du Redempteur la Mere immaculée,
A senty de douleur son ame transpercée:
Tout ce que de plus beau apperçoiuent nos yeux,
Soit que nous les jettions sur la terre, ou aux Cieux,
Et que nous contemplions ceste machine ronde,
La Lune & le Soleil, le Ciel, la flame, & l'onde

Trauaillent sans repos, & l'orage, & le vent,
Pendant que l'on agit, l'autre est tousiours mouuant,
En exerçant vertu, l'ame se rend contente,
Et sera bien-heureuse estant perseuerante.
 Celuy qui s'esleuoit par folle ambition
Apprend l'humilité par tribulation,
Prudent & aduisé il commence à comprendre
Que son corps est vn ver qui doit tourner en cendre,
Il void comme l'orgueil a mis vos ennemis:
Et cil qui les imite aux eternels ennuis,
Il cognoist qu'en vn coup le donneur de victoire
Faict perdre du hautain & l'honneur & la gloire,
Et celuy qui regit le grand pouuoir des Cieux
Terrace & met à bas l'orgueil presomptueux:
Il se rend cognoissant, il rejette son vice,
Et ne veut plus vser d'vn seul poinct d'artifice,
Pour son Dieu, pour son Roy, pour le public garder,
Il est tout valeureux, il veut tout hazarder,
Il craint, il aime Dieu beaucoup plus que soymesme,
Il ayme son prochain, & son ennemy mesme:
L'auarre qui reçoit quelque perte sur mer,
Dieu deschargeant sa nef l'empesche d'abismer,
Lors il se rend tranquille, en Dieu il se contente,
De conuoitise plus son esprit ne tourmente:
La grace du Seigneur il tasche d'acquerir,
Sa vie corrigeant, tel bien ne peut perir,
Car il remplit son cœur des richesses diuines.
Au pauure ouure la main, ne serre les espines,
Il est tout liberal, il bastit dans les Cieux,
Vn eternel Palais sçauroit-il faire mieux ?
L'enuieux murmurant en langueur nompareille,
Soulant tenir son cœur affligé à merueille,

Des malheurs du prochain ayant ioye en ſon cœur:
Au contraire, des biens portans paſle couleur,
Par tribulation a faict apprentiſſage,
Charitable & content il eſt deuenu ſage,
L'impatient faſcheux contre tout couroucé,
Qui pour vn ſeul regard s'eſtimoit offencé,
Portoit en ſon eſprit des tortures ſi fortes,
Maintenant à la paix ouure toutes ſes portes:
Il eſt tout debonnaire, & loge dans ſon cœur
La conſtance, la paix, l'amour, & la douceur,
Le beant pareſſeux nourricier de tous vices,
Qui vouloit ſans trauail toutes choſes propices,
Par la neceſſité, ou autre affliction,
Il ſe leue matin, & par diſcretion
Il cherche à trauailler, il entreprend à faire,
Et s'acquitte fort bien de tout ce qu'il doit faire:
Le fol Luxurieux qui la faute du corps
Gaſtoit auecques l'ame en perdant le dehors,
Retirant ores ſon cœur de l'impudique flame,
Il conſerue en ſanté & ſon corps & ſon ame:
Celuy qui rempliſſoit ſon corps en vray gourmand,
Par diſette ou priſon à ieuſner il apprend:
Il viuoit pour manger, ores il mange pour viure,
La vie d'Epicure il quitte, & ne veut ſuiure,
Il ne demande ſaulſe, il eſt de peu content,
Humble, chaſte, & deuot, des pechez repentant.
La tribulation eſt de Iacob l'eſchelle,
Qui faict monter les bons en la vie eternelle,
Mais ſe faut bien garder de la preſomption,
D'eſtre ſans penitence hors de punition:
Aucunesfois l'on peut par ſubtil artifice,
Des Iuges eſchapper, cachant le malefice:

Mais toſt apres il faut receuoir iugement
De Dieu qui ne reçoit aucun deſguiſement,
Et ne faut s'aſſeurer ſur la bonne fortune,
Eſtant ſon naturel de n'eſtre touſiours vne :
Par la bonne fortune on ſe trouue abuſé,
Par la fortune aduerſe on deuient plus ruſé,
L'vne eſteint la vertu, l'autre la faict paroiſtre,
Et te faict le vray Dieu, & toy-meſme cognoiſtre :
L'vne trompe nos yeux d'vn viſage trompeur,
L'autre nous faict l'amy diſcerner du flateur.

　　Il faut tant aymer Dieu que ſoy-meſme on haïſſe,
Et qu'on portant la croix de la gloire on iouïſſe,
Par l'humide & le chaud no' ſont produits les fruits,
Par le froid & le ſec nous les voyons deſtruits :
Ainſi du cœur contrit les penitentes larmes,
Et de l'ardent amour naiſt le fruict de nos ames.
De la bouche de Dieu nous ſommes tous inſtruicts,
Que paroles ſont feuilles, & les œuures ſont fruicts :
S'exercer de bien dire, & laiſſer de bien faire,
C'eſt du chemin des Cieux prendre tout le cõtraire.

　　Tout arbre ſans bon fruict doit eſtre mis au feu,
Souuiens-toy du figuier qui fut maudit de Dieu,
Le fidelle Ioſeph de captiue ſouffrance,
Par le moyen d'vn ſonge obtint ſa deliurance,
Son ſonge conſeruoit le fruict d'vn Roy mortel.

　　Ores il te faut ſonger au grand Roy immortel,
Toy qui és affligé, ſonge, medite, & penſe
Tes fautes & delits par ferme repentance,
En ce ſonge eſleuant touſiours ton cœur à Dieu,
Qui ſoigneux te regarde en tout temps, & tout lieu.

　　La Meditation au doux ſonge reſſemble,
Car dormans de nos corps la vapeur lors s'aſſemble,
　　　　　　　　　　　　　　　　Et monte

Et monte doucement droict au chef du dormant:
Ainsi les saincts pensers de l'esprit meditant,
Montent à Iesvs-Christ, vray chef de la nature,
Nostre asseuré repos, & vraye nourriture,
Et conuient qu'en dormant nous ayons les yeux clos,
Pour reposer la nuict & la chair & les os:
Car en fermant les yeux aux choses temporelles,
Ses pensers & desirs voyent les éternelles:
il ne pense qu'à Dieu, qu'à ses faicts admirer,
L'adorer & seruir, & plus que soy l'aimer.
O songe profitable à l'ame meditante,
Quand des bien-faicts de Dieu elle est ressouuenáte,
Qu'elle va contemplant sa vie & passion,
Sa mort en croix pour nous sa resurrection.
Comme du ferme roc l'ocean courroucé,
En brisant ses grands flots se trouue repoussé:
Ainsi l'homme affligé quand le mal l'importune,
Constant & patient il dompte la fortune,
il n'a peur de la mort comme les animaux,
Par elle il entre au bien, & termine ses maux,
D'vn faict premedité il ne s'estonne point,
Ains en est deliuré lors qu'à Dieu il se joint,
Ou de iour ou de nuict la mort le peut surprendre,
En tout lieu preparé, ferme la veut attendre,
Asseuré que son ame aura lors son retour
Au repos eternel desiré nuict & iour:
De l'ame ce corps est la barque perilleuse,
Laquelle au port demeure, & l'ame en sort ioyeuse:
Comme vn bany attend du ban son dernier iour,
Ainsi l'ame immortelle à l'immortel seiour,
Alors de l'air mondain ne donnant que ruyne,
Le gracieux zephir dechasse la bruine.

C

O combien doux fera ceſt heureux ſouuenir,
D'auoir icy ſouffert pour à Dieu paruenir:
Bref nous ſerons ioyeux d'auoir faiɕt penitence,
Aymé & ſeruy Dieu auec perſeuerance,
En conſtance, en eſpoir, en jeuſne & oraiſon,
Les vices ſupprimez par vertu & raiſon,
Bien viure & bien mourir nous fera bien reuiure,
Et auec IESVS-CHRIST eternellement viure.

FIN.

Extraict du Priuilege du Roy.

PAr grace & priuilege du Roy il est permis à Pierre
Ménier Maistre Imprimeur à Paris, d'imprimer, ou
faire imprimer, vendre & distribuer vn petit liure intitulé
La Felicté des diuines Consolations, tirée des exemples
de la Saincte Escriture, Composé par Maistre Pierre
Guerin, Aduocat en la Cour de Parlement, & Orateur de
l'vnique des Sciences, pour le terme & espace de dix ans
finis & accomplis, & deffences à tous autres Imprimeurs
& Libraires de l'imprimer, vendre ny distribuer, à peine de
six cens liures d'amende, & confiscation, comme plus am-
plement est declaré en l'original, en datte du 23. Iuillet
1622. Signé Le Boulanger.

www.ingramcontent.com/pod-product-compliance
Lightning Source LLC
Chambersburg PA
CBHW061632180626
46818CB00005B/2351